記憶の翼は果てしなく交錯し

熊谷ユリヤ

思潮社

記憶の翼は果てしなく交錯し

熊谷ユリヤ

思潮社

Ⅰ

Ⅱ

Ⅲ

Ⅳ

装幀＝思潮社装幀室

I

忘れてはならない出来事が

忘れてはならない出来事が
あまりに多いのに、
時を超えて伝えるべき事が
信じられないほど多いのに、
五感は激しく
時に哀しく
研ぎ澄まされるのに、
もっとも大切な情報だけが

凍結されたままなのはなぜ？
無限にも思える時が循環しても
独りの人間の
一回の旅には限りがあるので、
わたしが誰なのか
尋ねることは禁じられている。

誰がわたしを探しているのか
わたしが誰を探しているのか
もう一度　思い出したい。

この身体のここに
ただひとつ刻印された

約束の時刻だけを頼りに
いくたびも真夏の星でであい
いくたびか真冬の宙で
すれちがいながら。

なぜあれ程までに旅を渇望し

もう少しだけ生きていたい！
という強い思いを込め
水平に差し出した腕だったのに、
力を抜いてだらりと下げてください
と言われ、我に返った。

垂直に突き立てられた針が
長いこと陽光を浴びていない皮膚を
破った、その刹那、

脳裏に浮かんだ絵は、
《我々はどこから来たのか
我々は何者か
我々はどこへ行くのか》

投げかけられた問いはもはや
詩ではいられないだろう、と書き残した
ポール・ゴーギャンの遺書代わりの
1・39×3・74メートル。

物語が画布の右から左へ展開するあいだ、
わたしの遺書は
破り捨てることができる（筈だった）。

しかし、副反応が去って
ワクチンパスポートを手にしても、
異次元へ旅立つことは許されなかった。

唇からは
禁じられた問いが零れつづけている。

《わたしはどこから来たのですか
わたしは誰だったのですか
わたしはどこへ旅立ちたいのですか
そして
なぜこれ程までに
旅を渇望するのですか》

黒のトリアージ

あの夏
遠くまで旅をし過ぎた
わたしたち

無彩色の空の下には
犯した覚えのない罪を償わされた
無数のわたしたちが折り重なり
横たわっていた。

救急救命の慌ただしさには程遠い
神々しいまでの静寂の中で
見えない手によって
重症度判定と緊急度識別が
繰り返され
人間のわたしたちの右手首に
トリアージの識別票が
結びつけられていった。

最優先治療群のわたしたちには
先端の緑色と黄色が千切り捨てられ
赤色が残された識別票Ⅰ。

中等症群のわたしたちには
緑色が切り取られ
黄色が残された識別票Ⅱ。

軽症群のわたしたちには
先端が緑色のまま
何も切り離されていない識別票Ⅲ。

そして
全ての有彩色が奪い取られた
死亡群のわたしたちには
黒のトリアージ識別票０。
裏面の特記事項欄は空白のまま

それでも
おぼろげな彩度の記憶を
取り戻した空には
天と人との契約のしるし
虹が浮かびあがろうとしていた。

今年もまた墨染めに咲け

いま一度　墨染めに……

今年の花も
こちら側の命を終えて
旅立った人たちのために咲いた。

今年ばかりは……
その前の年も
その十年前にも繰り返された絶句。

祈りに応える花びらが
天からハラハラと降り注いだ。

わたしたちは
花びらを浴びながら
行方が知らされない命と
旅立った命に思いを馳せた。

薄墨の夜桜が微かに色づきはじめる。

花びらが夜風に舞うたびに、
束の間の花が夜空で震えるたびに、
再会を思い描く。

この身はおうち時間に囚われても

異国への飛行を
禁じられた日から
ずっと
夢見ていたのは、
過去だけではなく未来の
記憶を築きあげるための
旅
時として記憶を捏造するための
旅

あるいは記憶を脱ぎ捨てるための
旅。

ゴートゥートラベル・キャンペーン
とは裏腹の
自粛してくださいキャンペーン。

避難指示区域の概念図
がほどけて
かつての帰宅困難区域への
旅
かつての居住制限区域への
旅。

記憶は
わたしたちの存在そのもの
と思い知らされていたので、
砂時計に閉じ込められるように
おうち時間に囚われながら、
故郷を夢見て南に北に焦がれながら
旅が住処になっていった。

旅を禁じられていたのに

それは
うつろいやすい花が
咲きはじめた日のことだった。
旅を禁じられていたのに
旅立ってしまった人。

旅立ちの儀式は

海岸通りの埠頭で
ひっそりと取り行われた。

その人の母親が
子守唄を口ずさみ
その人の幼い息子は
「おとうさんどこ？」
と尋ねた。

その人の父親は
ひとことも言葉を発しなかった。

その人がこの星にいた証の
白い時間の砂が

海に帰された。

束の間の花びらが
海に散って
儀式は終わる。

花びらは水に浮かび
白の灰は
ゆっくりと沈んでいった。

その人の魂を
見送るかのように
白い鳥が
一羽

飛び立った。

II

堕天使が命の円環を

王冠を戴いた
非生命体に姿を変えて
堕天使は冬の星に降りた。
その長い指に触れられた者たちは
呼吸ができなくなった。

硝子越しの春、
点滴が途絶え

人工呼吸器が外された。
引き裂かれた家族に
時刻を告げる
携帯電話の向こう側で
静かな啜り泣き。

ニュースが
神話や伝説に思えてしまう夏。
長い指に未だ触れられていない
(と思い込んでいる)
声たちは囁きあった。

「誰も信じられない、

家族でさえ信じてはいけないらしい」

電子顕微鏡が映し出すのは
膜に覆われた表面の突起。
王冠のようにも
太陽光冠にも見えた。
どこかの国の言葉で
《死の天使》
という意味だったかもしれない。

まだ旅は半ば
（と信じ込んでいた）
わたしたちは
「家に籠り家族の絆を強めてください」

と懇願された。

「最後の夕陽は
　誰と何処で見送りたいのですか」
そう尋ねられた気がして
絶句した午後。
「生きていることが
　当たり前ではない」
新たな当たり前を
思い知らされた季節、
命の円環を絶ち切ろうとする指。

残された者たち、
遺された者たちは

マスク越し、窓越し、
扉越しに空想の旅を描いていた。

汚れていない空、
きれいな空気があれ程あったのに。
わたしだけ呼吸ができなかった。
わたしの周りだけ
薄くなった空気。

「発熱はありますか?
悪寒はしますか?
陽性反応はありますか?
ワクチンはどこですか?
一度目の接種は?

二度目は、いつですか？
三度目は、まだですか？」

そう尋ねながら

待ち疲れて……

〈ごめんなさい
また
こんども
先に
逝ってしまう〉

幽玄が織りなす風景の中へ

旅が許されていた頃は
遠くへの旅を切望することなど
忘れていた。

近代美術館までの
短すぎる旅、
あの頃は罪の匂いもしなかった。

順路に従いながら
圧巻の風景の一場一場を観た
はずだった。
衝動に駆られ、
人の流れに逆らって戻り、
《濤声》を
見納めに行く
東山魁夷展の最終日。

美術館の大扉が閉まり
引き戻された現実の世界には
小さな画廊。

色彩の海と森に
圧倒され尽くした眼は
リトグラフの額にさえ
原風景を見つけてしまう。

「描くことは祈ること」
と語った画家。
《緑響く》風景に
白の馬をよぎらせたのは
モーツァルト。

ピアノ協奏曲イ長調第二楽章
その演奏時間と同じ
六分五十八秒間の絵物語に込められた

無窮——

紫群青の透明に上群青、
微かに美群青の岩絵具、
ブナの白い影、
その奥から
淡い白の馬が浮かび佇む
《白馬の森》

その眼差しは
眼下に広がる富士の樹海に眠る
数々の命の幻影を慈しむようで。
（気が付けば
自らも姿を消している）

「心の奥にある森は
　誰も窺い知ることが出来ない」
画家の声が響いた気がした。

曲と声とが途絶えたのち
静けさの隙間で耳をくすぐるのは、
柔らかな葉音と
森林限界高度への
旅に
わたしを誘う

微かな蹄の

音

ガラス越しの時間に

感染拡大防止に関する
集中対策期間が終わった日、
一泊二日の旅に出た。

沈められまいと抗う
夕陽の赤色顔料で
海に程近い湖が染められる時間、
ホテルの窓辺に

その鳥は荒々しく降り立った。

金色の眼が
この目を捉えて
離さなかった。

もし窓を開けたなら
この鳥に攫われてしまう
のかもしれない
それならそれでもいい
と思えるほど
見つめ合った
命と
いのちの

残像

やがて日没。

そこには

窓ガラス越しの

自画像——

青の池（秘すれど）

ロックダウンされた国の
何十万人もの旅立ちよりも
ひとりの知り合いの
旅立ちを悼み泣き崩れることが
当たり前なのかどうか
分からなくなった日。

「水の色は青」

という「当たり前」を確かめるため
峠を幾つも越える旅に出た。

密の時間帯を恐れて
明け方に着くよう
午前零時の都会を後にした。

数々のレンズが捉えた神秘
太陽光と水が見せる
錯覚の奇跡に立ち尽くす。

（秘めていたはずだったのに
知れ渡ってしまった）

噴火の泥流を防ぐため
川を遮り森の奥に築かれた堰。

軽銀を含んだ湧き水と
川の水が出合い
見えない粒子が生まれ
陽の光を散乱させ
人間の目には青く映るという。

（秘めていたかったのに
知れ渡ってしまった）

水は光の散乱を誘う硫黄と
石灰を連れて

川底を乳白の鏡に変え
青の錯覚を
際立たせるのだという。

水が青いのではなく
反射した光が
青く見えるのだ。

そう言われても
見ずに信じる者になれなかった。
白樺街道から小路を辿り
水の畔に立った。

流れ込んだ水のために
立ち枯れた白樺、
湛えた水色と対峙する
永劫という名のひととき――

日暮れ過ぎ
立ち枯れの命に
別れを告げに行く。

脈略も無く頭をかすめるのは
火星氷床下の秘密。

（秘めておくべきだったのに
知れ渡ってしまった）

太古の湖の痕跡が
潜んでいる可能性がある
という物語に似たニュース。

火星では
夏の夜に吹雪が起きる
という新たな伝説。

水が液体であることが
当たり前とは限らない、
それさえ忘れていた。

この星の森の奥の池と

火の星の氷床と吹雪、
秘められた
永い微睡みの果ての
様々な青たち。

その遥か先、
生きては辿り着けない

旅の

彼方。

忍び寄る季節の予感に慄き

〈今年の紅葉は
十年に一度の鮮やかさ〉
そんな声に背中を押された
季節の狭間の目撃者は
寒暖の差が激しい
柱状節理の山を目指した。

銀河トンネルと命名された
闇の先に約束の明るさ。

最期が近づく今になって
輝くことを許された広葉樹。

血染めの手のひらを
無邪気に広げて見せる
手踊りのもみじ。

やがて散ってしまう、
それでも季節が廻れば甦り
鮮やかさの両手を広げるのだと
意識では分かっていても

人間のわたしたちは
忍び寄る季節の予兆に
慄いていた。

追懐の雪は降りつづき

最後の氷期に
低くなった海面でつくられた
海峡を
丸木舟を漕いできた人の
子孫たちと、
故郷を追われて、あるいは
新天地を求めた人の
子供たち、子孫たち。

夕暮れが雪の柔らかさを
青紫に染めれば
足元から広がる地球時間。

ようやくの春も、
ひとときの夏も、
鮮やかさの秋にも
わたしに降り積もる雪は
融け去ろうとしない。

時差の罠にかかりながら
暮らした異国で
祖国を追われた人や

逃れた人に出会う道の途中で、
雪は幾度も姿を変えて
降り続きふりつづき降り止まず。

コロナ禍に痛めつけられた
北緯四十三度の山桜は
墨絵の雪を連れて舞い、
東経一四一度の紅葉は
記憶をかき集めて煌めいた。

架空の旅で震える
数かぎりない結晶の雪たち。
記憶の結晶の中から

ただひとつ
再生された追体験の映像。

戦火を逃れ連絡船で渡ってきた
家族が帰京した後も
疎開の地に残ろうと
心に決めた若い日の父が見える。

愛する人に故郷を捨てさせた
若い日の母がいる。

新婚旅行の船旅は二等桟敷船室、
豪華客船の旅を夢見た母だった。

ダイヤモンド・プリンセス号の
旅は叶わなかったが、
停泊しながら漂流する
息苦しさだけは
知らずに旅立った。

家族と過ごす時間が長すぎて
息苦しい遠隔勤務の冬。

命じられるまま
一時間毎に開け放つ窓の外に、
薄紫の新雪に刻まれた
広い歩幅の父の足跡。

ほんの少しだけ遅れて
小走りの母の足跡。
ゼリー状の時空越しに
触れようとした
瞬間
冷えた指先からはじまる
偶然の
宙

Ⅲ

幼い少女は一日に何度も空を

（堕天使は
あの日、津波の姿でこの国を襲い
無数の命を時の向こう側に
旅立たせた。
その傷が癒えないうちに、
王冠を戴いた未知のウイルスの姿で
天から落下し
わたしたちの愛する人を熱で焼き、

その呼吸を奪ったのだった）

運命の午後、
揺れが収まり水が引いた大地に
初めての産声が響きわたった。

狂気の海が
少しずつ正気を取り戻し
瑠璃色の神秘に覆われる。

人びとは躊躇いつつも、
失われた命と
見つからない命ゆえに
なおさら、

自らの命へと
想いを巡らせはじめた。

産声をあげた命は
すくすくと育ち
幼い少女は
一日に何度もなんども
空を見上げるようになった。

自分の誕生を待ち焦がれていた
〈おじいちゃまや
おばあちゃまが
おそらにのぼり
いつもみていてくれる〉

と教えられ
信じていたので。

どんなに憎もうとしても

「情げねぇ話だげどな
　海だら優しいもんな」
確かにそう聞こえた、
問わず語りの浜辺──

年老いた漁師の腕時計が
恐怖の時刻を指して凍りついた。

硝子蓋の裂け目から傾れ込んだ
海水が二本の針を停止させた。

漁師の額に刻まれていたのは
数々の皺。

心臓に刻印されていたのは
自然への畏怖の念。

本能に彫り込まれていたのは
繰り返し襲ってきた津波だった。

津波警報を耳にするや否や
漁師は港に向かって疾走し
船が木っ端微塵に砕かれるのを
防ぐため

沖を目指した。

家族は通い慣れた小道を辿り
狭い入り江を見おろす丘へと
駆け上がった。

そこまで逃げれば
絶対に無事と信じてきた
高さだった。

それは漁師の家族が
何世代にもわたって
繰り返してきたことだった。
海辺の暮らしを

諦めさえすれば
もう
駆けることはないのだ
と知りながら。

自然は人間たちに
あまりにも多くを
与え
あまりに多くの
愛しい命を
捥ぎ取っていった。

放心と脱力を繰り返し
時が過ぎることにも

気づかない日々が過ぎた。
怒りと慟哭の季節が
後を追った。

「情げねぇ話だげどな
あんだげ酷いごどされでも
海だら優しいもんなぁ。
化げ物みでぃ膨れあがる前に
沖さ行がしてくれだしな。

色んなごどさ
教えてくれだし
色んなものさ
くれだもんなぁ。

親みでぇな
もんだもんなぁ。

どんだけ憎もうどしても
憎めねぇもんだ。

骨の髄まで
漁師なんだなぁ。

海だら、
おっがねぇ時も
あるげど
ほんどは優しいもんなぁ……

情げねぇ話だげどな」

時は
漁師と海の間に生まれた
裂け目を埋めてくれたのか。
あれは海ではなく
黒濁の乱流だったのか。

長い年月連れ添った妻と

たった一人の孫の
悲鳴を攫ったのは
海ではなかったのか。

年老いた漁師の時計の針は
二度と動かないとしても、
海の深みでは
無数の生命時計が
穏やかに息づきながら
永劫回帰の時を
刻みつづけているのだろうか。

問わず語りの声が
途絶えて

振り返る視線の先には
海と陸とを断裂する
巨大防潮堤。

命を守ってもらう代償は
慰め程度の小さな窓から覗く

ささやかな

海

一心に洗いつづけることで

「なぜ自分だけが……」

その人は何度も問いかけたという。

(もうひとつの問わず語り)

どうして
自分だけがここに

こちら側の世界に残されたのか。

どうして
家族のなかで唯一人
残ってしまったのだろう。

自らの運命を
呪う日々だった。

悪夢だけが
忠実に訪れてくれた。

愛しい人たちを
生命の木から攫ったのは

強烈な悪意で
襲いかかった
黒の怒濤だったのだと
その人は嘆いた。

攫われ流され
救われた写真が
避難所に届きはじめた。

そのことが、
生存者の捜索を
打ち切ったことを伝える
暗号のように思えた。

持ち主が見つからない
写真のなかの微笑みは、
死を免れ生き残った
命たちだった。

バケツを淡水で満たして
慎重に家族写真を洗い
海水と泥とヘドロを取り除いた。

その人とは違って写真たちは
自然の力がなぜ
自分たちを生き残らせたのか
尋ねたりはしなかった。

見知らぬ家族写真に埋もれた
笑顔を洗い甦らせる行為は、
生存者の罪の意識を
僅かに洗い流す行為となった。

家族写真では誰もが
笑っていることを
痛いほど良く知っているので
できるだけ
顔を見ないようにして洗った。

非嘆と後悔の念がつのり
とうとう
耐えられなくなった時は

傷んだ写真が
届けられ続けてくれればいい
と願った。

永遠に一心に洗うことで
何も考えずに済む気がして。

ある暖かな午後
もう
洗う写真がなくなってしまった。

家族だけではなく
生きる意味さえ
永遠に奪われてしまった。

ふらふらと歩いて
写真を展示していた教室に
迷いこんだ。

無数の視線を感じて
顔を上げると
その人が救った数々の微笑みが
一斉に笑いかけた。

生き残ったからといって
なにも悪いことはしていないよ
と語りかけるかのように。

その夜、
夢のなかで
ようやく
笑顔の家族と
会うことができたという。

少女が夢を打ち明けた

大震災の混乱と不安のなか
福島で生まれた少女は
皆の希望になるように
との祈りを込めて
のぞみと名づけられたという。

放射線量を伝える
大きな電光掲示板が

赤々と悲しい公園で遊んだ。
おそと遊びができるだけで、
嬉しくて、嬉しくて。

「大きくなったら
ケーキやさんになりたい！」

と言ったのは、
おうち遊びでケーキの絵ばかり
描いていたから。

「いくつ？」
と尋ねられ、

小さな手を広げた。

「五年は片手で数えられるけど、
必死で生きた
千八百二十六日だったなぁ」
とお父さんが言った。

十年目のある日、
「大きくなったら何になるの？」
と尋ねられ
秘密を打ち明けた。

「あのね、
看護師さんにね

なりたいの……
あっ、
言っちゃった！」

もう肩車はせがまない

迎えに来るはずの無い父と母を
避難所で待ち続けた九歳の少年は、
みんなに肩車をせがんだという。

「お父さんが
いつも肩車してくれたから。
肩車してもらうと
見えないものが見えるから」

十九歳になった少年は、
家族写真のなかのお父さんに
ますます似てきた。

「夢は？」と尋ねられて、
こう答えた。

「父の母校の
建築学部で学んでいます。
どんな津波にも耐えられる
家を作るのが夢です」

この国のあの町に生まれた少年。
もう肩車はせがまない。

嘆きの湾は色とりどりの

大震災から十年目の花火大会。
去年は密を避けるために禁じられ
今年ようやく許された鎮魂の花々。

嘆きの湾は
色とりどりの涙で煌めいていた。

果てしない打ち上げ花火は
時の向こう側で待つ

祖先の霊と語り合うための
歴史ある祭りのはずだった。

あの夏以来、
巨大災害でこちら側の命を終えて
旅立った魂たちのための
祈りになった。

天に届きそうな
打ち上げ花火があがるたび
わたしたちは、
確かにそこにいるけれど
見えなくなった人たちと、
十年の歳月を経ても

見つからない人たちとの
再会の日を想う。

火の花が夜空に咲くたび
祖先の土地への
郷愁の念も花開く。

何年経っても
癒えない傷、閉じない傷口。
大震災を生き延びた人までが
コロナ禍の犠牲になり
旅立って逝く。

つかの間の花火があがるたび

強烈な想いが
人々の胸を激しく打つ。

Ⅳ

無伴奏——蒼の嘆きを奏でながら

暗転、
やがて
スポットライト。

碧のドレスを纏った
ヴァイオリニスト
ひと足ひと足と進みながら
奏でるのは
囁き、

叫び、
嘆き、
呻き、
そして鮮烈さの印象。

問いかけても決して答えの無い
バッハ無伴奏ソナタ。

至高の難曲は
現在形の過去と、
現在形の未来。

追悼と
未来への希望の祈りが

絡み合うこの国に遺された
わたしたちの想いは、
無限の音空間に
解き放たれ、
渦を巻きながら
懐かしさに姿を変えてゆく。

ヴァイオリンは
女の声を発することができる
唯一の楽器、
だからこそ

誰かのための嘆きを奏でるなら
バッハ無伴奏。

誰かの声、
音のうつわ、
そして
わたしたちも
聲のうつわ

追憶の

うつわ——

それは果てしなく交錯する

ちっぽけな脆い球体――
静寂の中に浮かびながら
七十八億七千五百万の
生命を抱いている

大惨事が襲うたびに
時の深淵から見えざる存在が現れ
横たわる命一つひとつの

心の音を聴くのだという。

時は
わたしたちを螺旋階段の麓へと導き
昇るひと足ひと足を支え、
数々の愛おしい思い出、
狂おしい想い出の守り手へと
変容するまで見届ける。

この世界の、この国の、
この土地でともに過ごした日々は
子供たち、その子供たちへと
語り継がれていく

果てしなく交錯する多次元の螺旋階段は
遺伝子の二重螺旋。

そんな階段の踊り場で
わたしたちが
最後に唇にのぼす言葉は

「なぜ？」

ここは
転生の魂たちが
幾度も出会い
つかの間
ともに羽を休め

再びの旅に備える
小さな
星

あとがき

二〇一〇年に『声の記憶を辿りながら』を上梓した翌年、東日本大震災が起き、現在は新型コロナウイルス感染症がパンデミックを引き起こしています。

多くの災禍、惨禍のせいで、日本で、そして世界で、友人や知人を含めた数知れぬ命が旅立ちました。

失われた命ゆえに、「なぜ自分が生かされているのか」に思いを巡らせ、「見えなくなっても確かに偏在する存在」を意識し、「引き裂かれても、いつかどこかで何度も再会すること」を祈る作品が生まれてきました。

出版に際し、私を励まし見守ってくださった皆様、大切な方が突然旅立った悲しみの中、心に響くお話を聞かせて下さった方たち、そして、お世話になりました思潮社の皆様に、心よりお礼を申し上げます。

この国の、そして、世界中の大惨事で突然旅立った命たち、残され遺された、思い出の守り手たちのために。

――いのりを込めて――

二〇二一年夏

熊谷ユリヤ

熊谷ユリヤ（くまがい　ゆりや）

日本現代詩人会、日本詩人クラブ、日本ペンクラブ、日本翻訳家協会、
世界詩人会議、米国詩協会、詩協会（英国）ほか会員。

詩集

From The Abyss Of Time (2011, Lulu Press, USA)

『声の記憶を辿りながら』（2010, 思潮社）

『名づけびとの深い声が』（2001, 思潮社）

Double Helix Into Eternity (2000, American Literary Press, USA)

『捩れながら果てしない』（1998, 土曜美術社出版販売）

Her Space-Time Continuum (1995, University Editions, USA)

訳書

『河邨文一郎英訳詩集 —— 物質の真昼』（2005, 思潮社）

E-mail: poetry.sapporo@gmail.com

Website: https://yuriya.main.jp/index2.html

記憶《きおく》の翼《つばさ》は果《は》てしなく交錯《こうさく》し

著者
熊谷《くまがい》ユリヤ
発行者
小田久郎
発行所
株式会社思潮社
〒一六二－〇八四二　東京都新宿区市谷砂土原町三－十五
電話〇三（五八〇五）七五〇一（営業）
〇三（三二六七）八一四一（編集）
印刷・製本
三報社印刷株式会社
発行日
二〇二一年十月三十一日